我的梦

[阿根廷] 阿列克谢耶夫·甘德曼 文/图

潘斯斯 译　高湔梅 审校

上海教育出版社
SHANGHAI EDUCATIONAL
PUBLISHING HOUSE

我 的 梦
WO DE MENG

Traum, Reise, Nudelwalze

Copyright © Vielflieger Verlag,Eppenhainer Str. 3, 60326 Frankfurt, Germany, 2013

Chinese simplified translation copyright©2016 by Shanghai Educational Publishing House

ALL RIGHTS RESERVED

上海市版权局著作权合同登记号 图字09-2015-1154号

图书在版编目(CIP)数据

我的梦 / (阿根廷) 阿列克谢耶夫 · 甘德曼

(Alexiev Gandman) 文、图;潘斯斯译. 一上海:上海教育出版社,2016.8

(星星草绘本 · 智慧启迪绘本)

ISBN 978-7-5444-7054-4

Ⅰ.①我… Ⅱ.①阿… ②潘… Ⅲ.①儿童文学 - 图画故事 - 阿根廷 - 现代 Ⅳ.①I783.85

中国版本图书馆CIP数据核字(2016)第170738号

智慧启迪绘本

我的梦

作 者	[阿根廷] 阿列克谢耶夫 · 甘德曼 文/图	邮 编	200031
译 者	潘斯斯	发 行	上海世纪出版股份有限公司发行中心
策 划	智慧启迪绘本编辑委员会	印 刷	上海中华商务联合印刷有限公司
责任编辑	王爱军	开 本	889×1194 1/16
美术编辑	王慧	印 张	2.75
出版发行	上海世纪出版股份有限公司	版 次	2016年8月第1版
	上 海 教 育 出 版 社	印 次	2016年8月第1次印刷
	易文网 www.ewen.co	书 号	ISBN 978-7-5444-7054-4 / I · 0066
地 址	上海市永福路123号	定 价	30.00元

一天晚上，我做了一个梦，
梦到一群鱼先生来接我。

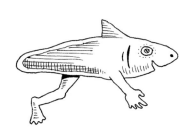

我跟着他们穿过一座座外星人的城堡。

最后，我们来到了一个牛奶瓶跟前。

我们钻进去，发现里面竟然是一个古董世界。

我们在锤子、熨斗、擀面杖和
钟表之间，跌跌撞撞地往前走。

5 这时，眼前出现了一座国王的鱼形城堡。

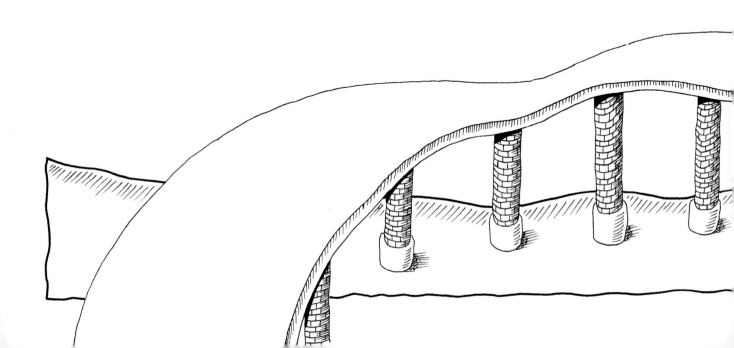

我们穿过长长的走廊和一扇又一扇的门，顺着楼梯跑上跑下。渐渐地，我们迷失了方向。

就在筋疲力尽的时候，我们终于来到了国王的宝座前。

我赶紧给国王行礼。真奇怪呀，他送给我一扇百叶窗。

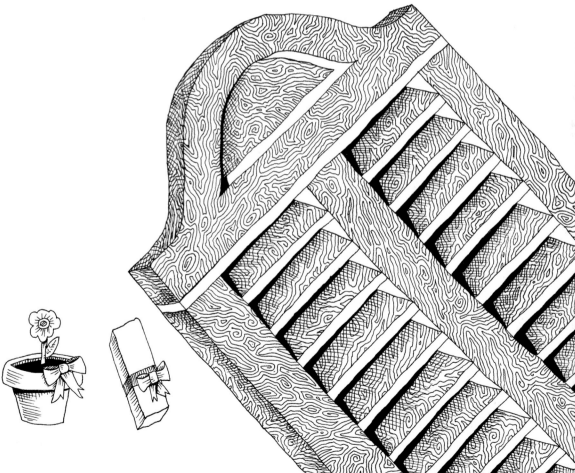

大家跟着我一起从窗户跳出去。外面的场景让我目瞪口呆！

我们越潜越深。这时，鱼先生们向我告别："再见！"

我穿过一条隧道，

来到一面镜子前。

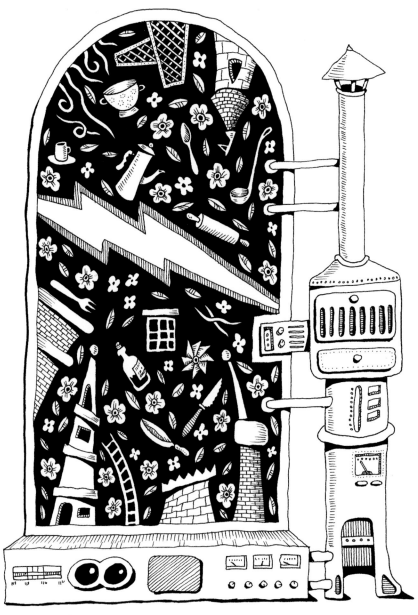

这时，眼前出现了一只青蛙："我来讲一下游戏规则。你可以继续往前走，但是要记住，不管发生什么事情，一定要牢牢抓住国王给你的礼物。"

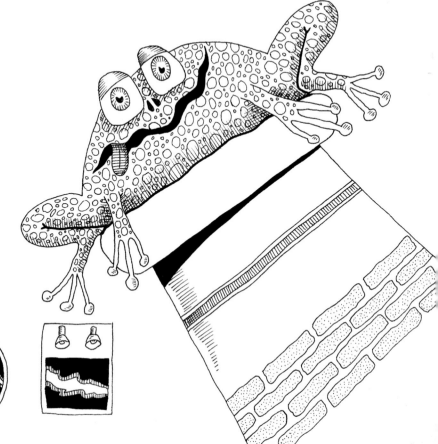

一路上出现了各
种各样奇特的东西。

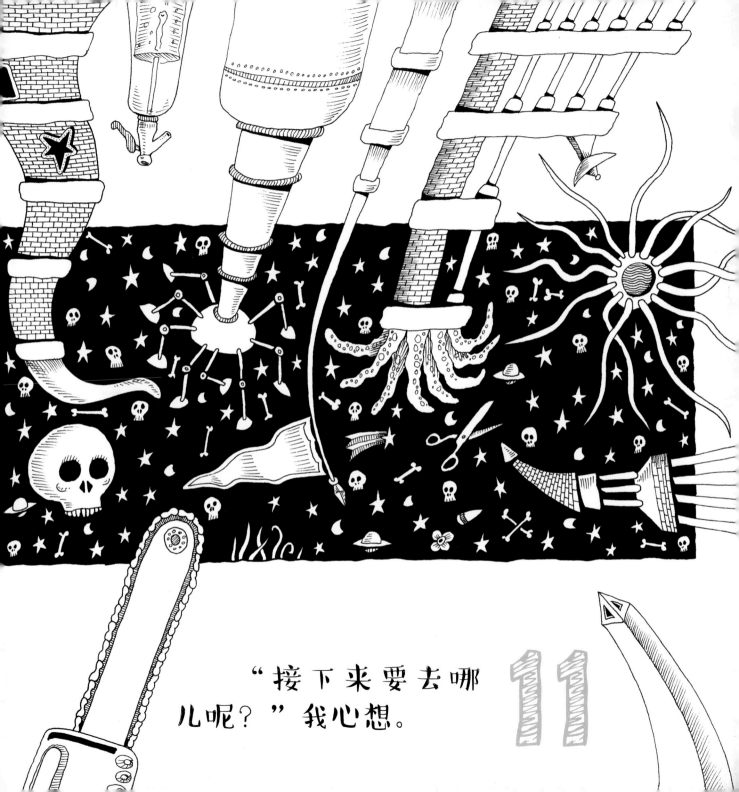

"接下来要去哪儿呢？"我心想。

正想着，忽然，
我手里的百叶窗变成
了一条蛇！

12

我特别害怕，
想把它甩掉。

可我想起了青蛙说的话。

我害怕极了，但是依然紧紧抓住那条蛇。

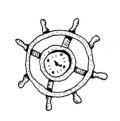

这条蛇紧紧地缠住我，开始使劲地挤压。

就在这时，
我气喘吁吁地
从梦中醒来。

后来，鱼先生们又出现了，把百叶窗放到我的床上。

问题：我的梦

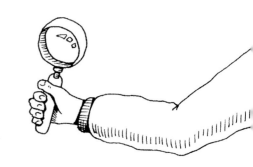

梦境 1.
a) 这里有多少种花？
b) 这里有多少种可以用来看时间的钟表？
c) 字母表里的字母全吗？

梦境 2.
a) 你能找到多少颗星星？
b) 有哪些东西是不适合出现在这幅画中的？
c) 有多少人生活在月亮上？

梦境 3.
a) 图中出现了几种乐器？
b) 右图中的东西有哪些在左图里也能找到？
c) 图中隐藏了哪一种游戏？

梦境 4.
a) 什么东西在前一页中也出现过？
b) 这里出现了多少种鞋子？
c) 你能在图中找到哪些动物？
d) 哪些人在工作中会用到这里的一些物品？

梦境 5.
a) 你能在天空中发现哪些不同的几何形状？
b) 城堡是什么形状的呢？

梦境 6.
a) 这里有多少扇窗？
b) 图中有几个人在奔跑？

梦境 7.
a) 你见过这顶皇冠吗？如果见过，是在哪一页？
b) 图中有几根蜡烛？
c) 哪个礼物和其他的不同？

梦境 8.
a) 请找出这两面中重复出现的东西。
b) 这里有几艘船？

梦境 9.
a) 谁住在这个房间里？
b) 你能找到几个钟？

梦境 10.
a) 找出此页镜子与上一页镜子的5个不同之处。
b) 镜子中的有些东西，我们可以在家里找到，分别是在家里的什么地方呢？

梦境 11.
a) 图中的这些骨头，分别属于什么物种？
b) 图中有哪些刀具？

梦境 12.
a) 图中哪些东西跟火车有关系？
b) 图中的小火车属于哪里？

梦境 13.
a) 图中的钟表，你在前面哪一页见过？
b) 你能找出图中的钟表与前面钟表的不同之处吗？

梦境 14.
a) 为什么故事中的小朋友醒了？

梦境 15.
a) 图中有几种玩具？
b) 哪些玩具可以用来做运动？

（注：数字1~15为书中出现过的数字，需与对应的画面相结合，进行观察思考。）

答案：我的梦

梦境 1.
a) 2种：一种在天空中，另一种在笔筒里。
b) 5种：机械表、电子表、日晷（太阳钟）、沙漏、布谷钟。
c) 是。

梦境 2.
a) 90颗：88颗星星和2颗流星。
b) 鸡肉、表和骷髅头。
c) 9个。

梦境 3.
a) 喇叭和鼓。
b) 数字、花朵、叶片、箭头。
c) 国际象棋。

梦境 4.
a) 国际象棋的棋子。
b) 12种。
c) 蜗牛、墨鱼、鱼和海星。
d) 油漆工、木工、园丁、作家、厨师、女管家、服务员、歌手、足球运动员。

梦境 5.
a) 三角形、四边形、心形、五边形和圆形。
b) 鱼形。

梦境 6.
a) 23扇。
b) 2人。

梦境 7.
a) 见过，在第6页。
b) 3根。
c) 花，因为其他礼物都是已经包装好的。

梦境 8.
a) 左侧的所有东西。
b) 3艘。

梦境 9.
a) 老鼠，它的房门在左侧的图里。
b) 2个。

梦境 10.
a) 镜子底座上，喇叭和读数显示器的位置互换了；底座右侧有3个表盘，上一页只有2个；底座右侧的旋钮有5个，上一页只有4个；右侧炉子顶上的罩盖不一样；右侧炉子中部的开口数为8个，上一页只有5个。
b) 厨房。

梦境 11.
a) 人骨和牛骨。
b) 5种：大镰刀、剑、剪刀、斧头和锯子。

梦境 12.
a) 车厢、桥、信号灯、铁轨末端的止位挡、火车道口的拦杆、锅炉。
b) 动物园。

梦境 13.
a) 第1页。
b) 秒表上的指针在这一页里稍向右偏，在第1页中的位置居中；第三个和第四个钟的位置互换了；电子表显示的时间不同；怀表盖子的位置不同。

梦境 14.
a) 因为她被被子裹得太紧了，不得不大口喘气。

梦境 15.
a) 11种。
b) 网球，高尔夫杆和球。

阿列克谢耶夫·甘德曼（Alexiev Gandman）

阿列克谢耶夫·甘德曼出生在阿根廷的布宜诺斯艾利斯。他曾跟随佩里兹·赛里斯、黑尔蒙格利多·萨巴特、莫妮卡·怀斯等人学习雕塑。

2001年，他荣获"我们努力地生活"奖杯。他的第一部作品《我的城市计划》被阿根廷选送参加布拉迪斯拉发国际插画双年展。

除此之外，他的作品还获得了2006年"阿利亚大奖（Deslacados ALIJA 2006）最佳图书插画奖"，2007年，作品入选德国慕尼黑国际青少年图书馆"白乌鸦书目"。目前,他为迪士尼青少年频道的电视节目"艺术攻击"工作。